Un Noël
à poils doux

Pour chaque *Noël à poils doux* acheté,
les droits d'auteur sont versés
aux Restaurants du Cœur.

Responsable de la collection : Frédérique Guillard

Jean-Loup Craipeau

Un Noël à poils doux

Illustrations de Jean-Louis Besson

NATHAN

Les flocons virevoltent

au-dessus de la ville.

– Tu as vu ? dit Praline,

on dirait des papillons

dans la lumière

des réverbères.

Puce approuve.

Elle a trois ans.

La neige se dépose sur sa langue,
elle joue à manger le ciel…
Le vent mord et picote.
Puce niche sa menotte
dans la poche de Praline
sans parvenir à se réchauffer.

– Je veux maman, dit-elle. J’ai les pieds durs, porte-moi…

Praline fait la sourde oreille. Elle a neuf ans. Surveiller Puce et l’occuper en l’absence de leur mère, d’accord. La porter, non.

Elle propose d'aller
regarder les vitrines animées
des grands magasins.
Un petit chat blanc en peluche
attire surtout l'attention de Puce.
Elle le croit malheureux.
Elle demande :
– Sa maman l'a quitté ?
Praline serre sa sœur fort.
Elle sent sa gorge se nouer.

Elle souffle :

– Non, ma puce. Elle travaille dans un restaurant.

Comme maman. Elle rentrera après le réveillon…

– Je veux maman, dit Puce.

J'ai faim.

Praline trouve une idée
pour faire patienter sa sœur :
– Viens parler au père Noël, Puce !
Puce ne se fait pas prier.

Le nez levé vers le géant rouge
et blanc, elle l'interroge :
– Où ils sont, tes rennes
et ton traîneau ?
– Au garage.
– Même pas vrai ! T'es un faux.

– Pourquoi ?
– Ta barbe, c'est du coton…
– Je passerai quand même chez toi cette nuit.
– Ça m'étonnerait.
– Pourquoi ?
T'as pas de cheminée ?
– Non. Je dors dans la gare avec ma sœur parce que maman…

Le père Noël a l'air étonné.
Un peu bête, même,
avec sa bouche ouverte
et le coton qui se décolle.
– Puce ! Tais-toi. On s'en va !

Praline est en colère.
Elle attrape sa sœur
et marche à vive allure
vers la gare Saint-Lazare.
Elles n'auraient jamais
dû quitter la salle d'attente…

Puce dort recroquevillée sur la banquette. Sa tête repose sur les cuisses de Praline, assise, qui n'ose plus bouger.

Rouen, Caen… Au départ,
à l’arrivée, des trains
sont annoncés.
Cherbourg, Le Havre, Honfleur,
Praline compte les heures.

Elle n'ose pas s'endormir
à cause de Tire-Bouchonne,
de Capsule et de Mastiquons,
trois sans-domicile-fixe qui,
comme elles, attendent le jour
au chaud.
Les cheveux de Tire-Bouchonne
couronnent sa tête d'une mousse
poivre et sel.

À chaque fois qu'il ouvre une canette de bière, Capsule dit haut et fort :

– Une capsule ! Une !

Mastiquons, enfin, mâche avec précaution du pain et du saucisson en répétant :

– Mastiquons bien, on ne sait pas de quoi sera fait demain… Mastiquons bien…

Tire-Bouchonne ronfle. Capsule et Mastiquons jouent aux cartes. Praline s'est endormie. Soudain, on la secoue aux épaules, elle sursaute…

– Tout va bien, dit une voix. Réveillez-vous, toi et ta sœur, et venez voir dehors…

– Veux dormir, gémit Puce.

Praline lui parle doucement et la prend dans ses bras.

Dans un demi-sommeil, Puce
pose sa tête sur l'épaule
de sa sœur et reprend son pouce.
C'est la nuit. La ville est assoupie ;
la neige a tout blanchi.
Les voitures elles-mêmes
ressemblent à des igloos.

Le froid a réveillé Puce
qui n'en croit pas ses yeux :
– Le père Noël !

Barbe blanche et manteau
rouge, il agite la main
en direction des deux petites.
Le renne du traîneau avance
à pas comptés.
– Il a l'air fatigué, dit Puce.

– Il a tant travaillé, cette nuit, ma chérie…

– Je veux aller l’embrasser, déclare soudain Puce.

Praline n'a pas le temps
de la retenir. Puce s'élance.
Le père Noël s'affole et crie :
– Fuyons, mon renne, fuyons !

Le renne tire, s'étire et soudain craque par le milieu du corps. Le père Noël saute à temps du traîneau, qui se renverse et redevient un simple chariot…

– Oh ! fait Puce, dépitée.

Elle éclate de rire à cause du renne coupé en deux, qui s'est redressé. Elle reconnaît Capsule puis Mastiquons qui enlève sa tête de renne en carton.

Le père Noël a l'air navré.
De près, Puce le reconnaît :
– Tu vois que t'es un faux, dit-elle. Mais je t'aime bien quand même… Tu m'as fait rire !
– Qui sait ? Attends.
Tout n'est peut-être pas fini, dit-il avant de disparaître.

Quand ils se retrouvent
tous dans la salle d'attente,
Tire-Bouchonne leur dit :
– Pendant que vous y êtes,
les fillettes, regardez donc
dans votre sac. Le grand zigue
en rouge a dit comme ça
qu'il passait aussi bien
par les cheminées des trains…

Du sac, Praline a retiré
un véritable chaton blanc
aux yeux bleus.
– On sera ses mamans, a dit
Puce.

Et c’est en serrant contre elle
la petite boule tiède
qu’elle s’est rendormie.

Jean-Loup Craipeau

Il a publié de nombreux livres pour les enfants. Le thème de l'exclusion lui tient particulièrement à cœur : son premier roman, *Gare au carnage, Amédée Petipotage !*, racontait la rencontre et les aventures d'un jeune garçon, d'un clochard et de son chien. Il met toujours beaucoup de tendresse dans ses histoires.

Jean-Louis Besson

Il est né à Paris en 1932. Après avoir consacré ses études à illustrer ses cahiers de brouillon, il a travaillé pour la publicité, la télévision et bien sûr l'édition de toutes sortes de livres. Il est aujourd'hui grand-père.

Dans la même collection

Arnaud Alméras

Barbichu et la machine à fessées

Barbichu et le détecteur de bêtises

Barbichu et le Confiscator

Calamity Mamie

Les vacances de Calamity Mamie

Hubert Ben Kemoun

Tous les jours, c'est foot !

Même pas cap !

Ce n'est pas le vrai !

Jean-Michel Billioud

Le vélo, c'est trop dur !

Nicolas-Jean Brehon

Un petit grain de rien du tout

Claude Clément

Princesse Chipie et Barbaclou

Bon anniversaire Barbaclou !

Jean-Loup Craipeau

Un Noël à poils doux

Elsa Devernois

Qu'est-ce que tu me donnes en échange ?

Danielle Fossette

Je ne veux pas aller au tableau !

Je me marierai avec la maîtresse

Jacqueline Frasca

Dent de loup

Anne et Claude Gutman

Comment se débarrasser de son petit frère ?

Fanny Joly

Juliette Mangemiette

Dédé télécommandé

DANS LA MÊME COLLECTION

THIERRY LENAIN

Menu fille
ou menu garçon ?

Crocodébile

Tête de grenouille

Merci moustique !

GÉRARD MONCOMBLE

Mimi la Montagne

GENEVIÈVE NOËL

Un super anniversaire

Le perroquet bête
comme ses pattes

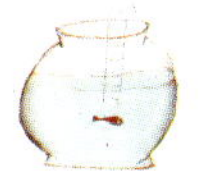

YVES PINGUILLY

Les vacances du
poisson rouge

ANN ROCARD

Le loup qui
avait peur de tout

Le loup qui tremblait
comme un fou

Le loup qui n'avait
jamais vu la mer

Le loup qui sifflait
trois fois

Le vampire qui avait
mal aux dents

BÉATRICE ROUER

T'es plus ma copine !

Mon père,
c'est le plus fort !

Le pestacle
et les pétards

Nulle en calcul !

Tête à poux

La tête à Toto

Souris d'avril !

C'est mon amoureux !

La maîtresse en maillot
de bain

Le fils de la maîtresse

Je le dirai à ma mère !

Sourichérie

ÉRIC SANVOISIN

Bizarre le bizarre

ALAIN SURGET

C'est moi le plus malin !

CLAIRE UBAC

Hugo n'aime pas les filles

N° d'éditeur : 10044614 - (II) - (10) - CSB - T - S - 170
Dépôt légal : janvier 1998 — Impression et reliure : Pollina s.a., 85400 Luçon - n° 73771 A
Conforme à la loi n° 49956 du 16 juillet 1949 sur les publications destinées à la jeunesse. ISBN 2.09.282401-5